24 Décembre 1883.

Vente du Lundi 24 Décembre 1883

HOTEL DROUOT, SALLE N° 8.

A deux heures.

MEUBLES ANCIENS

ET

MODERNES

Bronzes d'art et d'ameublement ;

Porcelaines et Faïences ; Émaux cloisonnés ; Objets persans ;

Miniatures et Bijoux ; Objets divers ;

BELLES TAPISSERIES

Étoffes.

EXPOSITION

LE DIMANCHE 23 DÉCEMBRE 1883

De une heure à cinq heures.

COMMISSAIRE-PRISEUR	EXPERTS
Me PAUL CHEVALLIER	MM. CH. GEORGE ET B. LASQUIN
10, rue de la Grange-Batelière.	12, rue Laffitte.

IMPRIME PAR PILLET ET DUMOULIN

RUE DES GRANDS-AUGUSTINS, 5, A PARIS.

CATALOGUE

DE

MEUBLES ANCIENS

ET MODERNES

Bronzes d'art et d'ameublement;

Porcelaines; Faïences; Émaux cloisonnés; Objets persans;

Miniatures; Bijoux; Objets divers;

BELLES TAPISSERIES

Étoffes,

DONT LA VENTE AURA LIEU

HOTEL DROUOT, SALLE N° 8,

Le Lundi 24 Décembre 1883,

à deux heures.

COMMISSAIRE-PRISEUR	EXPERTS
Mᵉ PAUL CHEVALLIER	**MM. CH. GEORGE et B. LASQUIN,**
10, rue de la Grange-Batelière	12, rue Laffitte.

Chez lesquels se trouve le présent Catalogue.

Exposition publique, le Dimanche 23 Décembre 1883.

De 1 heure à 5 heures.

CONDITIONS DE LA VENTE

La vente sera faite au comptant.

Les acquéreurs payeront cinq pour cent en sus des enchères applicables aux frais.

L'exposition mettant le public à même de se rendre compte de l'état des objets, il ne sera admis aucune réclamation une fois l'adjudication prononcée.

Paris. — Typ. Pillet et Dumoulin, 5, rue des Grands-Augustins.

DÉSIGNATION DES OBJETS

TAPISSERIES & ÉTOFFES

1 — Grande tapisserie de Flandre, représentant une scène du déluge ; belle bordure de groupes de fruits, alternés de bustes, et ornés de figures aux angles. XVIIe siècle.

2 — Jolie tapisserie de Bruxelles, représentant la vision de saint-Paul ; très belle bordure à médaillons de figures, groupes de fruits et ornements. Fin du XVIe siècle.

3 — Grande tapisserie. Bataille de guerriers romains, bordure à groupes de fruits et figures.

4 — Tapisserie du XVIIe siècle ; sujet biblique ; bordure à figures d'amours, en grisaille, tenant des cornes d'abondance et des groupes de fruits.

5 — Tapis d'Aubusson, à bordure de fleurs,

6 — Tapis de table en soie ancienne, fond rouge, à bandes de fleurs.

7 — Tapis d'Aubusson, fond brun à médaillon central,

8 — Tapis en drap, et applications d'ornements.

9 — Tapis persan de prière en velours vert et rouge, brodé en fin.

10 — Tapis persan en velours rouge et vert, brodé en fin.

11 — Tapis persan en velours rouge, avec inscriptions.

12 — Cachemire des Indes.

13 — Voilette en dentelle noire.

MEUBLES

14 — Secrétaire Louis XVI, en bois de rose à filets.

15 — Table à ouvrage Louis XV, en marqueterie de bois rose, à damier.

16 — Grande armoire à colonnes en chêne sculpté, époque Louis XIII.

17 — Presse à linge Louis XIII, sur un bahut en chêne sculpté.

18 — Berceau en chêne sculpté.

19 — Deux petits meubles d'enfants.

20 — Beau buffet de salle à manger en noyer sculpté et ciré, de style Renaissance, orné de deux statuettes de Diane et de Pomone, de mascarons d'amours et de vases de fleurs. Haut., 3 mètres; long. 2 m., 20 cent.

Ce meuble a figuré à l'Exposition universelle de 1867.

21 — Buffet Louis XIII à deux portes et deux tiroirs en chêne sculpté.

22 — Bahut en chêne sculpté à godrons, avec panneau représentant une femme agenouillée.

23 — Coffre gothiqne, fleurdelisé, en noyer.

24 — Pendule en bois sculpté et doré, à colonnettes à figurines ; travail italien.

25 — Deux colonnes en bois sculpté à ornements et entrelacs de feuillages portant des traces de dorure. xvii° siècle.

26 — Figure d'apôtre, en bois sculpté, xvii° siècle.

27 — Meuble dressoir à dais découpé à jour, en chêne sculpté.

28 — Trumeau de glace, en bois sculpté, à feuillages peints en blanc sur fond bleu.

29 — Petite table, forme Louis XV, en acajou, garni de bronzes.

30 — Ecran en bois doré, avec feuille en tapisserie à la main : perroquet sur une branche de fleurs.

31 — Bahut en chêne sculpté à pilastres et sujet de l'adoration des Mages. xvii° siècle.

32 — Bahut d'entre-deux en bois noir, à filets et moulures de cuivre, dessus de marbre.

33 — Ameublement du temps de l'Empire, en bois
d'acajou marqueté, à sujets et figures, fabriqué par
Benoit Blanz, 1806.

Il comprend :

Un lit, un secrétaire, un guéridon octogone et
six chaises, un canapé, deux consoles.

BRONZES D'ART
ET D'AMEUBLEMENT

34 — Statuette de personnage en costume romain, debout et tenant un livre, en bronze doré et gravé,
XVIIe siècle.

35 — Madone debout tenant l'enfant Jésus sur son
bras gauche, en bronze doré avec chairs argentées.

36 — Figure équestre de chevalier, bronze moderne.

37 — Petite pendule Louis XVI, en bronze doré, avec
figure de l'Innocence, mascaron et guirlandes de
lauriers.

38 — Pendule Louis XVI, en bronze doré, Vénus et
l'Amour ; le cadran, au nom de Gabriel Mayer, est
surmonté d'un vase de marbre.

39 — Deux vases cassolettes à trépieds en bronze.

40 — Deux flambeaux modèle Louis XV, en bronze
argenté.

41 — Deux flambeaux fin du XVIIIe siècle à tête de
sphinx, en bronze doré.

42 — Deux aiguières en bronze, à jeux d'enfants en relief.

43 — Figure de femme à la perruche, bronze d'après Sauvageau.

44 — Groupe de deux enfants pêcheurs, en bronze.

45 — Deux vases d'après l'antique et figures en relief, bronze argenté.·

46 — Statuette en bronze d'après l'antique.

47 — Apollon du Belvédère, bronze,

48 — Vénus de Médicis.

49 — Buste d'Ophélie, bronze argenté d'après Aizelin.

5o — Statuette d'Henri IV enfant, d'après Bosio.

5r — Deux bustes de guerriers antiques, en bronze vert.

52 — Faucheur et laboureur, deux statuettes en bronze doré.

53 — Coupe en bronze supportée par deux figures d'enfants, en bronze argenté.

54 — Enfant bacchant, en bronze.

55 — Vase cassolette modèle Louis XIV, en bronze doré.

56 — Coupe en bronze, d'après l'antique.

57 — Groupe en bronze, d'après Clodion.

58 — Le Christ à la colonne, bronze sur socle en marbre.

59 — Figure de philosophe debout, en bronze de la Chine.

60 — Deux brûle-parfums, en bronze de la Chine, formés de buffles portant des figurines de jongleurs.

61 — Brûle-parfums formé d'un oiseau perché sur un tronc d'arbre, bronze du Japon.

MINIATURES & BIJOUX

62 — Miniature ronde sur ivoire : Jeune femme en buste, tenant un bouquet de roses.

63 — Miniature ovale sur ivoire : Jeune femme en robe Louis XVI rayée de bleu.

64 — Miniature carrée sur ivoire : Jeune femme en buste, avec rubans roses dans la chevelure.

65 — Boîte ronde ornée d'une miniature : L'Oiseau envolé.

66 — Boîte ronde avec miniature : Femme en buste en costume Louis XV, avec voile couvrant sa coiffure.

67 — Médaillon ovale contenant deux miniatures : Portrait de jeune femme et d'un jeune homme en costume Louis XVI.

68 — Boîte ronde en ivoire avec miniature : Portrait de femme en corsage Louis XVI bordé de rose.

69 — Étui en émail de Saxe lilas à médaillons de fleurs.

70 — Miniature ronde peinte à l'huile : Scène de famille.

71 — Miniature d'après le Titien : Vénus couchée.

72 — Onze éventails modernes avec montures en nacre et en bois sculpté et feuilles peintes.

73 — Collier formé de six rangs de petites perles fines, monté en or.

74 — Bracelet en grenats, monté en or.

75 — Deux boucles d'oreilles en or, avec demi-perles.

76 — Deux petits étuis en filigrane d'argent, émaillé.

77 — Deux flacons à odeur de même travail.

78 — Tabatière en argent niellé.

79 — Éventail de Genève sur or. Vue de Suisse.

80 — Bracelet persan, formé d'olives en or émaillé.

81 — Six petits émaux persans.

82 — Petite coupe ronde en agate d'Allemagne avec monture en vermeil.

83 — Plateau ovale en émail de Chine.

84 — Timbale en argent niellé. Travail de Toula.

PORCELAINES & FAIENCES

85 — Trois soupières et leurs plateaux en porcelaine de l'Inde à décor bleu.

86 — Quatre plateaux de même porcelaine.

87 — Plat en vieux chine à figures.

88 — Perroquet en porcelaine, genre Saxe.

89 — Sous ce numéro, quelques pièces en porcelaine et en faïence moderne.

90 — Plat en faïence de Delft, décor bleu, dans une bordure en bois.

91 — Plat en Delft. Décor bleu.

92 — Pichet en vieux Rouen.

93 — Une potiche à pans en ancienne faïence de Delft. Décor bleu.

94 — Une autre plus petite.

95 — Petit vase en porcelaine tendre ancienne à deux mascarons en relief et décor de fleurs.

96 — Deux petits cache-pots en biscuit de Wedgwood à figures en relief sur fond bleu.

ÉMAUX CLOISONNÉS

97 — Une paire de vases-balustres en émail cloisonné de la Chine, fond turquoise.

98 — Paire de petits vases balustres à large base en émail cloisonné, fond blanc.

99 — Deux coqs en émail cloisonné de la Chine.

100 — Une boîte ronde, émail cloisonné, fond turquoise.

OBJETS DE LA PERSE

101 — Deux paons en cuivre repercé à jour, ornés de turquoises.

102 — Deux dromadaires formant brûle-parfums, de même travail.

103 — Vingt plaques de revêtement en faïence de Perse, à dessins variés.

104 — Deux corbeilles persanes à couvercles en cuivre découpé à jour.

105 — Deux coupes avec plateaux et couvercles en métal gravé, de travail persan.

OBJETS DIVERS

106 — Tour de pagode en ivoire sculpté et découpé à jour, important travail chinois.

107 — Croix processionnelle gothique en cuivre repoussé et doré. xve siècle.

108 — Tableau gréco-russe, Ste Véronique, revêtu d'une plaque d'argent.

109 — Plaque de cheminée en fonte à écusson fleurdelisé.

110 — Fusil, calibre 16, à percussion centrale à verrou, canon d'Alfred Bernard.

111 — Fusil calibre 16, à broche.

112 — Boîte contenant deux pistolets de tir avec leurs accessoires, de chez Devisme.

113 — Deux suspensions, dont une en cuivre argenté.

114 — Figure d'Atlas en bois sculpté, xviie siècle, socle en bois noir.

115 — Petite horloge Louis XIII à cadran émaillé contenu dans le socle d'un Christ en croix, accompagné de deux figurines en bronze.
Dans un étui en cuir.

116 — Petit autel Louis XIII, en bois garni d'appliques de cuivre, découpé et doré, avec miniature sur vélin représentant l'Annonciation.

117 — Deux flambeaux Louis XV, en bronze argenté.

118 — Petite horloge Louis XIII en bois, à colonnettes et plaques d'ivoire.

www.ingramcontent.com/pod-product-compliance
Lightning Source LLC
LaVergne TN
LVHW021620170726
843501LV00010B/4064